Dominanter Mitbewohnerin 2

Herrschaft und erotische Unterwerfung

Erika Sanders

ERIKA SANDERS

Dominanter Mitbewohnerin 2

Erika Sanders

Serie

Herrschaft und erotische Unterwerfung

Zusammenfassung

Victoria, Samantha und Cristina sind drei Mädchen, die das gleiche Zimmer an der Universität belegen.

Eines Tages kommt Victoria, eine Cheerleaderin der College-Football-Mannschaft, verschwitzt und müde vom Training in den Raum, während Samantha studiert.

Sie zieht sich aus, um ein Bad zu nehmen, ist aber so müde, dass sie sich eine Weile im Bett entspannt.

Samantha sieht sie anders an als jeden Tag.

Aber Cristina kommt aus ihrer Klasse zurück ...

Dominanter Mitbewohnerin 2 ist eine Geschichte der Erotic Stories-Sammlung, eine Reihe von Geschichten mit hohem erotischen Inhalt.

(Alle Charaktere sind 18 Jahre oder älter)

Anmerkung zum Autorin:

Erika Sanders ist eine bekannte internationale Schriftstellerin, die in mehr als zwanzig Sprachen übersetzt wurde und ihre erotischsten Schriften, fernab ihrer üblichen Prosa, mit ihrem Mädchennamen signiert.

Index

DOMINANTER MITBEWOHNERIN 2
ERIKA SANDERS

11

KAPITEL 1

Vicky öffnete ihre Schlafzimmertür und ließ ihre Cheerleader-Tasche neben der Tür auf den Boden fallen.

Sie seufzte erleichtert auf: Es war eine lange Übung gewesen und sie war erschöpft.

"Hallo Samy", sagte er.

Samantha saß an ihrem Schreibtisch und war wie immer in ihren Biologielehrbüchern vergraben.

Sie strich sich das weiche braune Haar aus dem Gesicht, nahm mit einer Hand die Brille ab und rieb sich mit der anderen die Augen.

"Hallo Vicky, wie war das Üben?"

"Nicht schlecht. Ich brauche allerdings eine Dusche. Ich bin so verschwitzt."

"Hey", sagte Samantha und runzelte die Nase.

Vicky zog ihre Schuhe aus und versuchte, das einteilige Cheerleader-Outfit über ihren Kopf zu ziehen.

Es verfing sich in ihren Haaren, aber nachdem sie ein bisschen gezerrt hatte, kam es heraus und warf es in den Wäschekorb.

Dann knöpfte sie ihren Pferdeschwanz auf und ließ ihr feines blondes Haar über ihre Schultern fallen.

Sie fuhr sich mit der Hand durch die Haare, griff dann mit beiden Händen über ihren Rücken und tastete nach dem Verschluss ihres BHs.

Samantha sah sie immer noch an.

"Was?" Fragte Vicky verwirrt.

"Oh nichts."

"Hey, komm und hilf mir das aufzuknöpfen, ich bin ein bisschen müde."

Samantha lächelte und verdrehte die Augen.

"Sicher, als wäre sie nicht beschäftigt oder so."

Trotzdem setzte er seine Brille auf, stand auf und bedeutete Vicky, sich umzudrehen.

Sie schob Vickys Haare beiseite, um ihren BH zu greifen.

Vicky stemmte die Hände in die Hüften, während sie wartete.

Seltsamerweise hörte er, wie Samantha tief Luft holte, als seine flinken Finger sich bemühten, ihren BH zu öffnen.

Samantha war nah, ein bisschen zu nah.

"Was geschieht?" Fragte Vicky.

"Ja, es hat sich irgendwie verbogen. Warte. Verstanden."

Vickys Brüste lösten sich, als ihr BH zu Boden fiel.

Er trat es gegen den Boden des Wäschekorbs.

Er drehte sich um und lächelte.

"Danke Samy."

"Kein Problem", sagte Samantha, als sie zu ihrem Schreibtisch zurückkehrte.

Vicky streckte sich aus und ging dann zu dem Bett in ihrer Ecke des Raumes.

Sie saß am Rand und trug nur ihr weißes Baumwollhöschen.

Sie gähnte mit geschlossenen Augen wie ein Kätzchen und beugte sich vor. Ihre Brüste berührten seine Arme, ihre Knie waren fest und ihre Füße waren seitlich ausgebreitet.

Sie runzelte die Zehen in den weichen weißen Fäden des künstlichen Lammfell-Teppichs neben ihrem Bett.

Das war ein großer Wochenendkauf im ersten Jahr gewesen, als sie und Samantha eine halbe Stunde östlich des Campus in eine Küstenstadt gefahren waren.

Sie hatten viele verrückte Ideen und kauften verschiedene Dinge und füllten ihr Zimmer mit kitschigen Gegenständen aus der Mitte des letzten Jahrhunderts.

Samantha hatte ihr diesen großen künstlichen Lammfell-Teppich als Scherz gekauft, weil Vicky zu dieser Zeit eine sehr strenge Veganerin war (sie war nicht mehr).

Es waren gute Zeiten: Obwohl sie sich im ersten Jahr als Mitbewohner getroffen hatten, waren sie sehr gute Freunde geworden.

Sie würde bald duschen müssen, aber Vicky war so müde, dass sie sich auf das Bett warf und sich gegen die Kissen fallen ließ, die an der Wand in der Ecke gestapelt waren.

Sie ließ die Arme zur Seite sinken, seufzte erneut und schloss die Augen.

Nach einer Minute hörte er die bewegenden Geräusche aus Samanthas Richtung.

Der Stuhl entfernte sich sanft vom Schreibtisch und sie konnte Samanthas sockenbedeckte Füße hören, die den Raum auf sich zu zogen.

Vicky wartete einige Sekunden, bevor sie die Augen öffnete.

"Was?"

Samantha starrte sie konfliktreich an.

"Geht etwas schief?"

Langsam aber entschlossen ließ Samantha ihr Knie auf Vickys Bett fallen und streckte sich aus, um sich neben sie zu legen und sie einen Arm entfernt anzusehen.

Er sah tief in Vickys strahlend blaue Augen.

Es war, als würde Samantha etwas hören.

Vicky wusste nicht, wie sie reagieren sollte, aber sie hatte sich noch nie so nackt gefühlt.

"Nein, es ist okay", begann Samantha nach einer Weile. Sie strich sich die Haare aus dem Gesicht. "Haben Sie sich jemals gefragt..."

Sie sah schnell weg, dann schaute sie zurück zu Vicky und hielt ihren Blick fest.

Plötzlich beugte sich Samantha vor und küsste sie auf die Lippen.

KAPITEL 2

Vicky zuckte anfangs zusammen, gab dann aber nach, als Samys Lippen fest gegen ihre drückten.

Sie spürte, wie Samys Zunge aus ihren Lippen kam und überraschte sie überrascht mit ihrer eigenen und ihre Zungen berührten sich kurz.

Samantha zog sich mit einem Keuchen zurück.

"Es tut uns leid..."

"Shh ...", sagte Vicky und überraschte sie beide, als sie näher an Samanthas Kopf trat und sie an ihre Lippen zog.

Ihre Münder schlossen sich wieder, diesmal hungriger und erforschend.

Vicky steckte ihre Zunge in Samys Mund und wurde mit einem festen Druck auf ihre kontert.

Samantha trat näher, oh viel näher, und streichelte Vickys Arm zu ihrer Seite und dann zurück zu ihrer Achselhöhle, um Vickys weichen Kurven zu folgen.

Seine Hand endete unter Vickys rechter Brust und er nahm sie sanft, drückte sanft auf die Brustwarze zwischen Daumen und Zeigefinger und spürte, wie sie mit seiner Berührung härter wurde.

Samantha tastete sanft in Vickys Mund und fuhr mit ihrer Zunge über Vickys kleine, saubere Zähne.

Als Samantha sich zurückzog, biss sich Vicky beim Rückzug sanft auf die Unterlippe, bevor sie sie losließ.

Sie atmeten beide schwer. Samantha schaute auf Vickys Körper, griff dann nach unten und senkte sich, bis ihre Hand auf der Vorderseite von Vickys weißem Höschen ruhte.

Sie duckte sich noch ein bisschen.

Vicky schloss die Augen und legte den Kopf auf das Kissen

("Ja", hauchte er) und Samantha konnte fühlen, wie er sich an ihrer Hand entspannte.

Samantha beugte sich über Vickys exponierten Nacken und küsste ihn dreimal sanft, hielt beim letzten Kuss inne und streckte ihre Zunge heraus (salzig), als sie auf Vickys nasses Höschen drückte.

Sie spreizte ihre Finger und spürte die Form von Vickys Muschi durch den dünnen Stoff ihres Baumwollhöschens.

"Ähhh", stöhnte Vicky.

Samantha beugte sich noch mehr vor, küsste weiter ihren Nacken und schob ihre linke Hand hinter Vickys kleinen, gewölbten Rücken.

Mit der rechten Hand begann er langsam aber sicher auf und ab zu massieren.

Die Feuchtigkeit verwandelte sich bald in ein nasses Höschen.

Schließlich schob er seine Hand unter Vickys Höschen auf und ab, seine Finger tauchten in ihre Samtfalten ein und tasteten nach ihrem feurigen Geschlecht, sodass Vickys Augen sich weiteten.

Er rieb sie einmal, zweimal, dreimal langsam, zog sich dann zurück und setzte sich auf.

"Das war gut ... warte nein!" sagte Vicky

Samantha führte ihre Finger zu ihrem Mund und schob sie, um Vickys Säfte zu genießen.

Als sie fertig war, beugte sie sich vor und hakte ihre Finger in die Seiten des Höschens ihrer Freundin.

"Diese müssen gehen", sagte er.

Bevor Vicky protestieren konnte, begann sie sie zu entfernen, als sie aus dem Bett stieg.

Vicky entspannte ihren Hintern, hob ihre Beine und ließ Samantha ihr Höschen ausziehen.

Samantha erhaschte einen Blick auf Vickys perfekten kleinen Arsch und sah das Rosa ihrer Muschi unter einer Locke lockiger blonder Haare.

Sie leckte sich die Lippen und starrte ihn hungrig an.

Schnell knöpfte Samantha die Knöpfe an ihrer Bluse auf und ließ sie auf den Boden fallen.

Er knöpfte seine Jeans auf und öffnete sie, machte eine Pause, dann hakte er seine Daumen an den Seiten seiner Hose und zog sie herunter.

Sie zog ihre hellblauen Socken aus und stand auf, um ein einfaches Paar hellblau ausgeschnittene Slips mit einer gestickten Blume auf der Vorderseite zu enthüllen.

"Ich kann nicht glauben, dass wir das tun", sagte Vicky leise.

Samantha löste ihren BH und zog ihn aus, dann hakte sie ihre Daumen in die fadenförmigen Seiten ihres Höschens, zog sie aus und schob sie mit einem Zeh weg.

Samantha kroch zurück zum Bett und schwang dann ihre langen Beine über Vickys Kopf zurück.

Vicky war immer noch auf die Kissen gestützt und starrte plötzlich direkt auf Samys Fotze, etwa einen Zentimeter entfernt.

Ihre rosa Blume erschien schwach und Vicky atmete tief Samanthas duftenden Duft ein.

Ihre Muschi war absolut rasiert.

"Jetzt weiß ich, warum du am Samstagmorgen so viel Zeit im Badezimmer verbringst!" Sie lachte.

Vickys Kichern wurde durch ein Keuchen unterbrochen, als Samantha ihre Zunge über Vickys Kitzler fuhr und sie dann sanft in ihr feuchtes rosa Loch senkte.

Sie zog sich schnell zurück und lachte vor Freude. Sie stützte sich auf einen Arm, um sich das weiche, luxuriöse braune Haar aus dem Gesicht zu streichen.

Er stieg wieder aus, kuschelte Vickys lockiges blondes Schamhaar über die Nase, holte tief Luft und lächelte.

Sie spürte Vickys heißen Atem an ihrer nackten Muschi.

Vicky griff um Samanthas Schenkel und packte ihren Hintern mit beiden Handflächen.

Sie hob ihren Kopf leicht nach vorne, öffnete den Mund und bedeckte Samys Muschi, ließ ihre Zunge und ihren Speichel über den gesamten Bereich gleiten.

Samantha drückte ihre Nase fester gegen Vickys Schamhaar und öffnete ihren Mund in stiller Ekstase.

Ihre Zehen spannten sich unwillkürlich auf den Kissen auf beiden Seiten von Vickys Kopf an, als Vicky ihre Augen schloss und ihre Fotze mit feuchten, rhythmischen Bewegungen ihres Mundes massierte.

Samantha griff um Vickys Beine und unter ihren Hintern und teilte mit ihren Fingerspitzen sanft Vickys Lippen, bis sie die pinkfarbene Nässe ihrer inneren Vagina sehen konnte.

Er ließ seine Haare um seinen Kopf fallen und streichelte Vickys Haut, tauchte mit der Zunge zuerst ein und begann tief zu lecken.

Oh, es schmeckte stark nach dem Schweiß seines Trainings, süß und moschusartig.

Sie leckte mit ihrer Zunge auf und ab.

Vicky spannte sich gegen Samys Gesicht und wich zurück.

Instinktiv hob sie ihre Beine in die Luft und beugte die Knie, um Samantha einen tieferen Zugang zu ermöglichen.

Sie packte Samanthas Hintern fest und drückte ihr Gesicht mit Kraft und Abwechslung gegen ihre Muschi.

Sie fielen bald in einen Rhythmus: Samy drückte ihre Lippen auf Vicky, während Vicky ihren Kopf nach vorne lehnte, dann drückte Samantha ihre Muschi sanft gegen Vickys Lippen, während sie sich zurück auf das Kissen legte.

Ihre Körper, die langsam hin und her schaukelten, verschwanden bald in blinden, weißglühenden Wellen scheinbar endlosen Vergnügens.

Der Raum war leer von allem außer den gedämpften Geräuschen der heißen Zunge in der feuchten Muschi.

Vicky spürte es zuerst, ein langsames Anziehen in ihrem Bauch.

Aber die Hitze breitete sich wie eine langsame Flut durch ihren Körper aus.

Sie stöhnte als sie ihre Zunge in die Falten von Samys Muschi drückte.

Samantha spürte, wie Vicky wie ein kleiner Vibrator gegen ihren zarten Kitzler stöhnte.

Sie schloss die Augen, als sie spürte, wie sie anfing, an ihre Grenzen zu gehen.

Sein Tempo nahm leicht zu, weil das genug war.

Sie konnten schmecken, was kommen würde.

Sie leckten, saugten, drückten ihre Lippen und Zungen immer fester und spürten die steigende Flut gegeneinander, als ihre Wellen des Vergnügens immer näher kamen und immer mehr ...

Und dann passierte es, und sie kamen, sie kamen so schön und wunderbar.

Vicky spürte, wie der heiße Sex ihres Partners von ihren Lippen und ihrem Kinn floss.

Samantha konnte einen anderen Geschmack schmecken, heißer und ein wenig sauer, tief in Vickys Muschi.

Und immer wieder Krämpfe und Vergnügen überkamen sie wie ein Wasserfall, und es schien, als würde es niemals enden.

Und dann ließ es langsam und sanft nach, und sie leckten sich schweigend, und dann rollte sich Samantha auf die Seite, zusammengerollt, vorerst erschöpft.

Vicky sah zur Decke hoch, zog sich den Handrücken über das Gesicht, wischte sich die Feuchtigkeit aus dem Mund und atmete tief durch.

Oh meine Liebe.

Die Sonne schien durch die Fenster herein und alles im Raum schien eine andere Farbe zu haben: Alles hatte sich plötzlich verändert, besorgniserregend, aber auch köstlich.

Vicky murmelte zufrieden, glitt mit dem Gesicht nach unten an Samantha vorbei und streichelte sie.

Samantha hob ihr Bein, damit Vicky ihren Kopf auf ihren inneren Oberschenkel legen konnte, und legte ihren Kopf auf die gleiche Weise auf Vickys Oberschenkel.

Vicky trat um Samantha herum und umarmte sie fest.

"Ich liebe dich Samantha", sagte er.

Freudenklappen füllten Samanthas Brust.

Er hatte so lange gewartet, um diese Worte zu hören, und jetzt waren sie endlich angekommen.

Sie ließen sich bald nieder, um sich wieder ruhig die Säfte zu lecken, und schmachteten im Komfort ihrer Seite neunundsechzig.

Und die Tür öffnete sich.

Und zwischen Vickys Beinen sah Samantha in der Tür stehen und vor Erstaunen ihre dritte Mitbewohnerin klaffen: Cristina.

Ach nein.

Die süße und unschuldige Cristina stand mit ihrem Lederrucksack auf dem Rücken da und hatte das lange, wilde rote Haar, das ihr auf die Schultern fiel.

Mit einer Hand am Türknauf.

"Es tut mir wirklich leid", war alles, was sie sagen konnte, bevor sie den Raum verließ und hastig die Tür schloss.

KAPITEL 3

Cristina stand im Flur, drückte den Türrahmen mit einer Hand gegen die Wand und atmete schwer.

Was hatte er gerade gesehen?

Er konnte es nicht glauben: zwei Monate bei ihnen und er hatte nichts geahnt.

Sie hatte Bedenken gehabt, ein Neuling zu sein, der einem Raum mit zwei Studenten im zweiten Jahr zugewiesen worden war, die sich bereits kannten, aber sie hatte keine Ahnung, dass sie dazu kommen würden.

Sie hatte keine Ahnung, dass sie ... sie waren ...

Was sollte sie tun?

Er musste umziehen, er musste einen Transfer beantragen.

Auf keinen Fall würde sie sich wohl fühlen, wenn sie wüsste, dass ihre Mitbewohner Liebhaber waren.

Es war zu seltsam und mehr als er befürchtet hatte, würde es immer zwei gegen einen sein.

Aber dann ... was hatte er gerade gesehen?

Er konnte nicht, versuchte er, aber er konnte das Bild nicht aus seinem Kopf bekommen.

Es war viel, viel.

Sie hatten dort auf Vickys Bett gelegen, völlig unbedeckt, nackt und... miteinander verflochten.

Nur ein ungeschicktes, fleischiges Gewirr aus kuscheligem, weichem Fell und langen, schlanken Beinen.

Sie hatten ... einander gegessen.

Gesichter zwischen den Beinen vergraben.

Und Samantha hatte sie gesehen, sie sah sie direkt an, und diese großen braunen Augen weiteten sich überrascht. Ihre Zunge zog sich immer noch aus Vickys Schritt heraus, der so ... rosa war.

Und Vickys Arsch war so formschön und es bewegte sich gemütlich.

Nein nein Nein.

Cristinas Mund war trocken und sie schluckte.

Warum gingen ihm diese Gedanken durch den Kopf?

Es ist wahr, dass sie sich allein gefühlt hatte.

Die Jungs haben ihm sicherlich viel Aufmerksamkeit geschenkt, aber sein gutes Aussehen hatte viele Mädchen fern und ferngehalten.

Und sie hatte sich immer von ihren beiden Mitbewohnern ausgeschlossen gefühlt, die sicherlich nett und freundlich genug waren, aber sie hatten immer etwas miteinander geteilt, was sie nicht tat.

Und jetzt wusste sie es.

Aber vielleicht ... konnte sie nicht.

Er konnte nicht einfach hineingehen und sich ihnen stellen.

Es wäre zu viel.

Aber sie wollte es wissen.

Sie wollte sehen, was sie taten.

Seine Hand streckte die Hand aus und seine blassen, dünnen Finger schlangen sich um den Türknauf.

KAPITEL 4

Sie schloss die Tür schnell hinter sich.

Vicky und Samantha drehten sich zu ihr um, während sie sich mitten in einem Gespräch befanden.

Sie hatten nackt auf der Bettkante gesessen und leise darüber gesprochen, was gerade passiert war.

Als Cristina ins Zimmer zurückkehrte, zog Vicky ein loses T-Shirt gegen ihre Brust, um ihre Brüste zu bedecken, und begann aufzustehen.

"Schau, Cristina, es tut uns leid ..."

"Du musst es nicht fühlen. Es ist nur das ... ich wusste es nicht. Und ich kam zurück, weil wir darüber reden sollten."

Cristina stand unbeholfen vor der Tür und versuchte, ihre Augen von dem Anblick von Samanthas nacktem Körper abzuwenden.

Sie spielte mit dem Saum ihres braunen karierten Rocks.

Vicky sah Samantha fragend an.

"Du hast uns in einem unangenehmen Moment erwischt", begann Samantha. "Das haben wir noch nie gemacht."

Cristina dachte darüber nach.

"Nun, jedenfalls wird das wahrscheinlich unangenehm sein, wenn ihr zwei ... involviert seid, denke ich. Ich kann den Transfer in ein anderes Zimmer oder so arrangieren. Okay, das ist mir egal."

Samantha nickte widerwillig, aber Cristina sah sie immer noch nicht direkt an.

Arme Cristina, dachte er.

Das war ein ziemlicher Schock für sie.

Sie sah so süß aus und stand nervös in ihrer sauberen weißen Bluse und ihrem kleinen braunen Rock da.

Ihre langen, schlanken Beine waren mit diesen großen braunen Lederstiefeln bedeckt, die bis knapp unter ihre zarten Knie reichten.

Cristina bewegte den Zeh ihres linken Stiefels und drehte sich fast ein wenig schelmisch um die Ferse.

Er mied immer noch Samanthas Blick, bis sich schließlich ihre Augen für einen Moment trafen und seine Augen vor Scham funkelten.

Cristinas Wangen wurden rot.

"Ich ... ich weiß nicht warum ich zurückgekommen bin, ich sollte zurückkommen, nachdem sie angezogen sind."

"Warte", sagte Samantha.

Er stand auf und ging mit bloßen Füßen langsam durch den Raum. Er wurde langsamer, als er sich Cristina näherte.

Er dachte an tausend mögliche Dinge, die er sagen konnte, sagte aber abschließend:

"Du solltest die Tasche fallen lassen."

Cristina nahm es ohne nachzudenken von ihrer Schulter und Samantha streckte die Hand aus und half ihr, sie zu Boden zu senken.

Nackt und ängstlich stand sie ein wenig zur Seite, aber sehr nahe bei Cristina und sah sie direkt an.

Cristinas Augen wanderten wild durch den Raum und schauten überall hin, außer zu Samantha.

Sein Atem wurde flach und schnell.

Endlich richtete er seinen Blick auf Samys nackte Brüste, ihre Brustwarzen waren merklich verhärtet.

Samantha streckte die Hand aus und hob Cristinas Kinn.

Er beugte sich vor und Cristina schloss ihre Augen und ihre Münder waren zusammen, offen und lecker.

Cristina stöhnte in einer Mischung aus Bestürzung und Vergnügen.

Sie hörten beide das leise Geräusch von Vicky, die das Hemd losließ, das sie an seine Brust gedrückt hatte.

Cristina spürte, wie Samanthas Hände ihre Seiten auf und ab bewegten und drückten, und sie umarmte Samantha vorsichtig im Gegenzug, schob ihre Hände über die Seite ihrer nackten Brüste und dann hin und her, um ihren Arsch fest und vollständig zu halten.

Sie drückten ihre Körper zusammen und dann zog sich Samantha ein wenig zurück.

Sie lächelte schelmisch und begann Cristinas Bluse aufzuknöpfen.

Cristina öffnete den Mund, um zu protestieren, aber plötzlich war Vicky neben Samantha, ein ernster Ausdruck der Begierde in ihren Augen.

"Oh Cristina" war alles, was sie handhaben konnte und drückte ihre Lippen leidenschaftlich gegen Cristinas überraschte, aber entzückte Lippen.

Vicky lehnte sich gegen ihren Mund und genoss Cristinas süßen Mund.

Samantha knöpfte Cristinas Bluse auf und drückte sie gegen die Tür.

Vicky ließ sich hockend zu Boden fallen, bis sie direkt vor Cristinas Rock stand.

Er drückte sein Gesicht gegen seinen Schritt und holte tief Luft durch das kratzige Plaid.

Als Cristina nach unten schaute, griff Samantha nach Cristinas BH.

Er lehnte ab, so dass beide Brüste von Cristina herausliefen.

Seine Zunge berührte eine von Cristinas kleinen rosa Brustwarzen, und Cristina spürte, wie kleine Elektroschocks ihren Rücken auf und ab bewegten.

"Oh!"

Samantha umkreiste die Brustwarze mit ihren Lippen, saugte sanft daran und massierte den kleinen Klumpen mit ihrer Zunge.

Dann fing Samantha an, beide Brüste mit ihren Händen zu kneten und zu massieren, wobei sie ihren warmen Mund zuerst auf eine Brustwarze und dann auf die andere legte ... zittern, necken, saugen.

Vicky hob mit einer Hand die Vorderseite von Cristinas Rock und enthüllte ihr Höschen im Baumwoll-Bikini-Stil.

Mit der anderen Hand schob er ihr Höschen langsam beiseite.

Cristinas Schamlippen waren feucht und ragten leicht hervor, und Vicky spürte einen Schauer der Lust an ihrem Hals.

Er hob die Spitze seiner Zunge leicht nach oben und über ihren Kitzler und fühlte, wie Cristina sich gegen die Tür versteifte.

Er bückte sich mit zitternder Zunge und begann es ernsthaft zu essen.

Vicky ließ den Rock auf ihrem Kopf ruhen, griff hinter sich und unter sich und begann ihre eigene feuchte, feuchte Fotze zu massieren.

Cristina spürte zum ersten Mal die heiße Zunge in ihrer Fotze und streckte eine freie Hand aus, um nach irgendetwas zu suchen: Sie legte ihre Finger um den Türknauf und wurde schnell das einzige, was sie davon abhielt, auf dem Boden zusammenzubrechen Die Empfindungen von Samantha, die ihre Brüste säugte und Vicky, die ihre Muschi aß, drohten sie mit Ekstase zu überwältigen.

Er schnappte nach Luft (bei jeder Entladung des Vergnügens rein und raus), während er darum kämpfte, nicht zu stöhnen.

Alles war so plötzlich und einfach passiert: Cristina hatte nie gedacht, dass sie von der Lust an Frauen so verzehrt werden könnte.

Aber hier war es.

Sie hatte sicherlich einige flüchtige Fantasien bei den wenigen Gelegenheiten erlebt, als sie ihre attraktiven Mitbewohner in ihrer Unterwäsche herumlungern sah, aber nichts hatte sie auf die Empfindungen von... oh, oh, oh vorbereitet! Vicky stocherte schnell und steckte ihre Zunge aus Cristinas Loch.

Lächelnd drehte Vicky ihren Kopf unter Cristinas Rock hervor.

"Mmmmm ... du schmeckst wirklich gut, Schatz!"

Vicky suchte nach dem Reißverschluss an Cristinas Rock.

Samantha küsste sich von Cristinas Brüsten bis zu ihrem Nacken und streckte dann die Hand aus und löste ihren BH, zog ihn aus und ließ ihn zur Seite fallen.

Er half Cristina auch, ihrer Bluse auszuweichen.

Dabei schaffte es Vicky, Cristinas Rock aufzuknöpfen, warf ihn ebenfalls zu Boden und zog Cristinas kleines gelbes Höschen um ihre Knöchel.

Sie hob die Hand, ergriff beide Hände von Cristina und stand auf.

Sie lächelte und sah in Cristinas erstaunte Augen, dann bis zu ihren Beinen, die immer noch mit diesen hohen Lederstiefeln bedeckt waren.

Er blickte langsam auf und genoss Cristinas lange Beine, die schlanke Taille und die perfekt geformten Brüste.

"Lass uns eine tolle Zeit haben. Cristina, du bist ... großartig."

Vicky hielt immer noch beide Hände von Cristina, half ihr, ihr Höschen vollständig auszuziehen und schob sie sanft in den Raum.

Sie landeten wieder neben Vickys Bett und küssten sich und berührten sich in einer weiteren Umarmung.

Samantha trat hinter Cristina und fuhr mit den Händen über ihren verstörenden kleinen Arsch.

Anstatt ins Bett zu gehen, legte Vicky Cristina hin und legte sie sanft auf den künstlichen Schaffell-Teppich.

Als Vicky sie mit einer Hand um den Nacken senkte, sah Cristina Vicky mit Augen voller Zuversicht und Begeisterung an.

Cristina lag auf dem Teppich und schnurrte zustimmend, als weiche weiße Locken sich um sie wickelten und ihre Schultern und ihren Rücken kitzelten.

Kleine Stöcke streichelten ihren Arsch und schnitten ein wenig, wodurch sich ihre feuchte Muschi als Reaktion leicht zusammenzog.

Sie lag mit gespreizten Beinen da, die Knie gebeugt, die Füße auf dem Teppich, und Vicky kniete zwischen ihnen.

Vicky rutschte nach unten, bis sie auf Ellbogen und Knien war und ihren Kopf in Cristinas Muschi zeigte.

Es war leicht geöffnet und die Lippen waren nackt, nur eine kleine Haarsträhne auf ihrem Kitzler.

Er schob seine Hände unter Cristinas Arsch, brachte ihr Geschlecht an die Lippen ihres Mundes und pflanzte dann einen festen, sanft saugenden Kuss auf Cristinas Kitzler.

Cristina atmete hörbar aus.

Vicky küsste ihn erneut, diesmal blieb sie unten und saugte wieder sanft, sanft, sanft, dann glitt ihre Zunge heraus und über Cristinas Muschi.

Ihr Mund war offen, befeuchtete und massierte ihn.

Cristina bog den Rücken und lehnte ihren Kopf gegen den Teppich zurück, den Mund offen und die Augen vor Vergnügen geschlossen.

Ein kleines Stöhnen entkam ihm.

Samantha, die vor ihnen stand, konnte sich dieser Fantasie nicht länger entziehen.

Es war ein wunderschöner Anblick: Cristina krümmte sich auf dem Teppich, während Vicky sie aß und ihr wohlgeformter kleiner Hintern in der Luft flatterte.

Samantha kniete sich auch hinter Vicky nieder und Vicky spürte Samanthas Nase in ihrem Spalt und seinen warmen Atem an ihrer kleinen Muschi.

Samantha fing an zu lecken und in ihre Falten zu graben, und für einige kurze Momente befand sich Vicky erstaunlich am Mittelglied in einer Kette lesbischer Lust.

Er stellte sich das Vergnügen vor, das in ihre Muschi eindrang, ihren Körper aufrichtete und ihren Mund saugen ließ.

Nach einer halben Minute trat Samantha zurück und kniete nieder.

Sie trat hinter und zu Vickys Linken und strich mit ihrem Schritt über die Kurve von Vickys Arsch.

Samantha spreizte Vickys Gesäß mit der rechten Hand und begann, ihre Fotze fest zu massieren, jetzt mit einem vollständigen Blick auf die Auswirkungen ihrer Hand auf die heiße Aktion, die sich auf dem Boden vor ihr abspielte.

Cristina öffnete die Augen wieder und stützte sich auf ihre Ellbogen.

Er sah zu, wie Vicky wiederholt ihren Mund gegen seinen Hügel drückte.

Vicky sah auf, sah Cristina erstaunt starren und zog ihren Mund ein wenig zurück.

Er streckte seine lange spitze Zunge aus und teilte Cristinas Lippen, was die Falten mit einer kleinen Bewegung von links nach rechts verursachte.

Cristina beobachtete weiterhin gebannt, wie Vickys feuchte, glitzernde Zunge das Rosa zwischen Cristinas Schamlippen nachzeichnete und auf und ab und wieder auf und ab über ihre Muschi glitt.

Vicky zog ihre Zunge leicht zurück und ein feiner Strang Speichel und Cristinas süße Säfte verteilten sich zwischen ihrer Zunge und ihrer Muschi.

Vicky schnippte mit der Zunge zurück, jetzt mit der Spitze auf Cristinas Kitzler.

Er drehte die Zungenspitze in kleinen Kreisen und sandte Schockwellen durch Cristinas Körper.

Cristinas Füße rutschten vom Boden, als sie ihre Knie hob und weiter nach Vickys Aufmerksamkeit griff.

Vicky packte ihren Hintern fester und hob Cristinas Schwerpunkt höher.

Seine Zunge glitt nach unten und um Cristinas enges kleines Loch und begann, die Spitze seiner Zunge hinein zu stecken.

Nach und nach ließ der Widerstand nach und Vicky konnte langsam einen beträchtlichen Teil ihrer Zunge in Cristinas Loch einarbeiten.

Die heißen, strukturierten Vaginalwände von Cristinas Muschi packten und zerrten rhythmisch und eifrig an Vickys Zunge.

Kleine unwillkürliche Krämpfe schüttelten Cristinas Bauch.

"Oh. Ja. Iss mich." Cristina war überrascht von den Worten, die aus ihrem eigenen Mund kamen.

Beide waren erstaunt über Vickys Begeisterung, Samantha und Cristina sahen sich an und sahen sich tief in die Augen.

Samantha spürte, wie sich etwas in ihr regte, als Cristina sie weiter anstarrte, ihr Gesichtsausdruck verhärtete sich und wurde immer selbstbewusster.

Vicky drückte weiter gegen Samanthas Hand und leckte Cristina, ohne die plötzliche Stille zu bemerken.

Cristinas Augen funkelten und verengten sich auf Einladung.

Ihre Lippen teilten sich und die Spitze ihrer feuchten kleinen Zunge fuhr langsam über ihre Oberlippe.

Samantha nickte verständnisvoll.

"Komm her", flüsterte Cristina.

Samantha stand auf, Emotionen strömten durch ihren Körper.

Er stand auf Zehenspitzen über und hinter Cristinas Kopf.

Samantha kniete nieder und senkte ihr Gesicht, so dass sie vor Cristinas Gesicht lag.

Cristina war in einem Konflikt: Vickys Zunge ließ sie bis an die Grenzen tanzen, aber gleichzeitig versuchte sie zu vermitteln, wie sehr sie Samantha liebte.

So süß, so verlockend, dachte Samantha.

Lächelnd küsste Samantha sie: Die Empfindungen der Oberflächen ihrer Zungen in direktem Kontakt überraschten sie beide.

Sie küssten sich hungrig, bissen sich sanft auf die Lippen und genossen einander.

Samantha kroch mit dem Gesicht nach unten vorwärts und ihre Brüste trafen ihren Mund, leckten und saugten.

Cristina war begeistert von dem Gefühl, dass Samanthas Brustwarze zwischen ihren Lippen hart wurde, als sie sanft an einer ihrer schlaffen Brüste saugte.

Samantha kroch noch weiter vorwärts, landete auf den Knien und spreizte Cristinas Brust rückwärts.

Er sah über seine Schulter hinunter, um Cristinas erstauntem Blick zu begegnen.

"Sind Sie bereit?" Fragte Samantha.

"Ja", hauchte Cristina.

Langsam setzte sich Samantha auf Cristinas Gesicht.

Cristina öffnete den Mund weit und streckte die Zunge aus, während Samanthas weiches und zartes Fleisch sie sanft bedeckte.

Er schob seine Zunge über Samanthas Kitzler und ihren Schlitz hinunter und schmeckte zum ersten Mal ihre Muschi und... Samantha schmeckte so gut!

Cristina holte tief Luft, ihre Nase in Samanthas Nischen vergraben, und begann rhythmisch über ihre feuchten Lippen zu lecken, die ebenfalls von Speichel benetzt waren.

Samantha konnte seine kleine Zunge unter sich fühlen und schloss vor Vergnügen die Augen.

Dies war weit jenseits seiner wildesten Träume.

Vicky, die immer noch Cristinas Muschi aß, blieb stehen, kniete nieder und sah sich die Show vor sich an.

Samy, ihre Augen immer noch geschlossen, ihr Mund war vor Ekstase geöffnet, und ihr elegantes dunkelbraunes Haar war um ihren Kopf zerzaust, zerzaust von ihrer Liebe.

Für Vicky hatte sie noch nie so schön ausgesehen.

Und da war sie und schaukelte leicht auf und ab, als sie auf Cristinas Gesicht ritt.

Samantha öffnete die Augen und lächelte Vicky aufgeregt an.

Als Samantha sah, dass Cristinas Muschi frei war, ergriff sie die Gelegenheit und senkte ihr Gesicht, beugte sich vor, um dort fortzufahren, wo Vicky aufgehört hatte.

Er steckte seine Zunge in Cristinas Riss, probierte ihn zum ersten Mal und nippte an den Säften, die jetzt reichlich flossen.

Vicky ließ sie sich eine Weile essen, hungrig und eifrig in ihren heißen neunundsechzig.

Cristinas Beine waren jetzt sehr hoch, ihre Knie fast bis zu Samanthas Schultern, als sie sich ihrem Körper näherte.

Samantha hielt ihre Arme vor Cristinas Schenkel, als sie seine Zunge in ihre Muschi steckte und gleichzeitig ihre eigene Muschi in Cristinas schelmischen Mund drückte.

"Ähm, ähm, ähm ...", knurrten sie im Takt mit beiden.

Vicky berührte Samanthas Hinterkopf und ließ sie von seinem Leck aufblicken.

"Ich habe eine Idee", sagte Vicky.

KAPITEL 5

Widerwillig senkte sie Cristinas Beine und stand auf, immer noch auf Cristinas unerbittlichem Mund sitzend.

Aber sie hatte das Funkeln in Vickys Augen gesehen und wusste, dass das gut sein würde.

Vicky trat neben Samantha, küsste sie und genoss Cristinas Säfte in ihrem Mund.

Dann drehte sie sich um und setzte sich ebenfalls auf Cristina. Ihr Rücken streifte Samanthas Brüste.

Er packte Cristinas Knie und faltete ihre Lederbeine wieder, so dass er Cristinas Muschi sehen konnte.

Im Stehen beugte sie sich mit der Flexibilität einer Cheerleaderin vollständig vor und legte ihre Handflächen auf den Schaffell-Teppich vor Cristinas Rücken.

Er senkte seinen Mund so, dass er direkt vor Cristinas durchnässter Muschi war und tauchte hinein.

Samantha starrte erstaunt und starrte direkt auf Vickys ausgestreckte Muschi.

Vicky stand aufrecht auf ihren Füßen, fast aufrecht, die Muskeln ihrer schönen Beine spannten sich an und zitterten leicht.

Samantha zog an der Vorderseite ihrer Knie, um sie zu stützen.

Samantha brauchte keine weitere Aufforderung und drückte ihr Gesicht gegen Vickys Geschlecht. Sie vervollständigte ein fast unmögliches Dreieck heißer Münder auf nassen, tropfenden Fotzen.

Cristina, die immer noch unter Samantha begraben war, beschleunigte ihr Tempo.

Sie war sehr erregt gewesen, als sie zuvor Zungen in ihrer Muschi getauscht hatte.

Von seinem Standpunkt aus konnte er an Samanthas glattem kleinen Rücken vorbei sehen und sah Samanthas Kopf, der zwischen Vickys Gesäß vergraben war.

Cristina spürte ein warmes Erröten in sich aufsteigen: Diese ganze Szene war heißer als alles, was sie sich jemals vorgestellt hatte.

Cristina hatte bereits mehr Vergnügen gehabt, als sie ertragen konnte, und als sie schließlich spürte, wie Vickys feurige kleine Zunge in ihre Muschi hinein und aus ihr heraus und auf ihren Kitzler glitt, wusste Cristina, dass sie kurz davor war zu kommen und dass sie sich nicht zurückhalten konnte. mehr Zeit...

Vicky begann sich immer härter gegen Samanthas Mund zu wehren, bis Samantha es endlich nicht mehr aushielt.

Samantha hob ihre Hände, grub zwei Finger von jeder Hand in Vickys Loch und schob ihre Zunge fest gegen ihren Kitzler.

Fast sofort begann Vicky zu kommen.

Strahlen weißer Säfte liefen über ihre Muschi und über Samanthas Gesicht.

Samantha ließ Tropfen davon in ihren offenen Mund fallen.

Zur gleichen Zeit gingen Orgasmuswellen durch Cristinas Körper.

Das Erröten feurigen Geschlechts erfüllte alle Sinne und sie fühlte sich dem Rand eines riesigen Wasserfalls nahe.

Ihr Höhepunktschrei wurde gegen Samys Muschi gedämpft.

Vicky, die kaum wusste, was um sie herum geschah, nachdem sie ihren Orgasmus erreicht hatte, wartete, bis die Krämpfe in Cristinas Muschi abgeklungen waren.

Sie brach nach vorne zusammen, als Samanthas Finger aus ihrer Muschi glitten.

Sie rollte sich in einer fötalen Position auf dem Schaffell-Teppich auf die Seite und lächelte.

Es war so unglaublich gewesen.

Samantha, die immer noch auf Cristinas Mund saß, wischte sich den Saft vom Gesicht und lächelte zurück.

Es war heißer als je zuvor in ihrem Leben und sie konnte das verräterische Kribbeln ihres eigenen Orgasmus spüren.

Aber Cristina würde dafür arbeiten müssen.

"Komm schon Baby, du kannst mich kommen lassen", sagte er.

Cristina beschleunigte ihr Tempo.

Samantha lehnte sich gegen Cristinas Gesicht.

Sie schloss die Augen und leckte sich die Lippen, als sie ihre Handflächen auf ihren kleinen gewölbten Rücken legte.

Sie begann sanft auf und ab zu schaukeln und schien ihr Gewicht auf Cristinas Zungenspitze fein auszugleichen.

Cristina, die sich fast von ihrem Orgasmus erholt hatte, verspürte eine neue Emotion bei der Idee, einen Orgasmus von einem anderen Mädchen zu provozieren.

Er hob die Hände und streichelte Samanthas wohlgeformte Brüste, wobei er mit seinen Fingern über ihre harten Brustwarzen fuhr.

Als Samantha ihr Gesicht mehr drückte, begann Cristina, ihre Zunge fester und fester in ihren Mund hinein und heraus zu stecken.

Die Spitze seiner Zunge glitt die Rille zwischen Samanthas Schamlippen hinunter und gegen ihren nassen, rutschigen Kitzler.

Hin und her, hin und her.

Samy war fast da.

Vicky sah zu, wie Samy mit den Rändern ihres Orgasmus flirtete.

Ihre Augen blieben geschlossen und ihr Mund war vor Vergnügen offen, ihre Lippen glänzten.

"Ich werde kommen ... ähm ... ich komme! Oh! Ja! Ich komme!"

Samantha warf den Kopf zurück, der Mund stand offen und sie verlor sich im Höhepunkt.

Sie rannte, rannte, rannte.

Hitze, Sex, Zungen, Mädchen essen.

Die Zeit blieb stehen, als er spürte, wie seine Essenz von glühender Ekstase überwältigt wurde.

Nach einer Ewigkeit spürte er langsam, wie jeder seiner Sinne zurückkehrte.

Erstens das Gefühl, dass Cristinas Zunge die Säfte tief in ihrer Muschi leckt.

Dann normalisierte sich sein mühsames Atmen wieder.

Endlich der moschusartige Duft von Sex und die drei Mädchen, die im Raum zusammenkommen.

Sie öffnete die Augen.

Vicky lag vor ihr, stützte sich auf einen Ellbogen und lächelte.

Samantha zog sich von Cristinas Mund zurück und kroch auf Händen und Knien vorwärts.

Er küsste Vicky sanft und beide lachten.

Er drehte sich um und als er Cristinas zufriedenes Gesicht betrachtete, wurde sein Lächeln weicher.

Samantha beugte sich vor und sah ihr in die Augen.

"Danke", sagte sie, bevor sie ihren Mund gegen Cristinas drückte, die Zungen vermischten sich, der Geschmack von Samanthas eigener Muschi war immer noch auf Cristinas Lippen.

Nach langen und zarten Momenten zog sie sich zurück.

Cristina sah sie mit reiner Anbetung an.

Samantha legte sich neben Cristina auf den Teppich und sie umarmten sich.

Vicky kroch zu ihnen hinüber, und sie ließen die nächsten paar Minuten in der Nachmittagssonne vergehen, küssten sich sanft, flüsterten süße Worte, streichelten Hände, Knie und Füße und kicherten, während sie beiläufig ihre Finger in die heißen tauchten. und nasse Fotzen.

Sie waren entspannt, nass und offen, nachdem sie von ihren Orgasmushöhen heruntergekommen waren, und es gab ein gegenseitiges Gefühl der Euphorie, dass sie sich vollkommen vertrauten.

KAPITEL 6

Vicky streichelte Cristina von hinten, strich sich sanft über die roten Haare und streichelte ihren Nacken.

Samantha war auf der anderen Seite und setzte Cristina zwischen sie.

Eine Pause zufriedener Stille überkam sie, und Vicky ließ ihre Hand über Cristinas Seite gleiten und begann, ihren Arsch zu streicheln.

Cristina kuschelte sich hinein und Vicky lächelte, als ihre Hände sich über Cristinas runde, wohlgeformte Wangen bewegten.

So weich und so zart.

Mit drei Fingern tauchte Vicky sie zwischen Cristinas Gesäß und begann, ihr Geschlecht zu massieren.

Murmelte Cristina zustimmend.

Vicky steckte ihren Mittelfinger hinein und Cristina drückte ihn fest.

Vicky biss leicht auf Cristinas Schulter und fing an, sie hinein und heraus zu pumpen: Sie zog ihren Finger heraus, so dass nur die Spitze hinein war, schob ihn dann langsam in Richtung ihres Knöchels und zog dann wieder.

"Ooooohhhh ... Also Vicky, so."

Samantha lächelte und lag auf der Seite vor Cristina.

Mit seiner Hand unter Cristinas Kopf schlossen sie sich an und begannen sich zu küssen.

Seine Lippen waren salzig und feucht und lecker.

Ihre Brüste wurden gedrückt und ihre Brustwarzen verhärteten sich erneut.

Samantha spürte, wie der Rhythmus in Cristinas Körper wieder begann, als Vicky sie ständig von hinten fickte.

Samantha fuhr mit einer ihrer eigenen Hände über Cristinas Körper, während sie sich küssten, und legte ihre Fingerspitzen auf Cristinas pulsierenden Hügel.

Sie nahm das Tempo auf und begann mit zunehmendem Druck Cristinas Kitzler zu reiben.

Cristina spürte das vertraute Kribbeln in ihrem Nacken und ihrem Rücken, als die Finger ihrer beiden Gefährten in ihr zauberten.

Sie konnte die Hitze ihrer Körper fühlen, die auf beide Seiten von ihr gedrückt wurden.

Samanthas schöne Brüste bewegten sich gegen seine und er stellte sich Vicky hinter sich vor, diese hübsche, freche Blondine mit ihren strahlend blauen Augen und ihrem ansteckenden Lächeln.

Das gleiche entzückende Mädchen war jetzt diejenige, die ihr Ohrläppchen leckte, als sie ihren Finger voller Vergnügen in Cristinas Loch steckte.

Es war so nass, dass ich jetzt den Finger rein und raus hören konnte.

Samanthas Finger an ihrem Kitzler sandten auch kleine Elektroschocks durch ihren Körper.

Sie öffnete den Mund und ein kleines Keuchen entkam, als der Rhythmus sie einholte.

Ihr ganzer Körper begann zu zittern, als sanfte Orgasmuswellen sie immer und immer wieder überfluteten.

Samantha lächelte, als sie Cristinas zitternden Körper hielt.

Vicky spürte, wie der nasse Fleck aus ihrer Hand kam, und sie pumpte ihren Finger weiter hinein und heraus, bis die Kontraktion von Cristinas Vagina nachließ.

Sie seufzte zufrieden und begann, ihren Finger zurückzuziehen.

"Hör nicht auf", befahl Cristina mit starker und entschlossener Stimme.

Er sah in Samanthas große braune Augen.

Samantha blickte fragend zurück und die Ecke ihres Lächelns krümmte sich verständnisvoll.

Cristina nickte.

"Vicky, steck noch einen Finger hinein", sagte Samantha.

Überrascht schob Vicky leicht ihren Zeigefinger neben ihren Mittelfinger und spürte mit Zustimmung, wie sich die Wände von Cristinas Muschi zusammenzogen.

Sie fing an, sie rein und wieder zu pumpen, unterstützt von Cristinas rutschigen Säften.

Samantha begann Cristinas Klitoris zu berühren.

Cristina sah Samantha erstaunt an.

Sie wollte das.

Sie wollte das mehr als alles andere.

Sie wollte, dass Vicky sich von hinten gegen sie drückte, ihre kleinen rosa Brustwarzen berührten seinen Rücken und knurrten in ihrer süßen kleinen Stimme, als sie zwei Finger in Cristinas feuchtes, gemütliches Loch schob.

Er wollte Samantha, die schöne Samantha, mit ihrem luxuriösen langen dunklen Haar, ihren langen sexy Wimpern, ihrer dünnen kleinen Nase und diesen schönen ausdrucksstarken roten Lippen.

Glänzend und nass, die Spitze ihrer rosa Zunge rieb an ihnen, als sie sich auf die fachmännischen Bewegungen ihrer Hand gegen Cristinas pochenden Kitzler konzentrierte.

Samantha bückte sich etwas tiefer und rieb immer noch Cristinas Kitzler, aber jetzt glitten ihre Fingerspitzen gegen Vickys Finger und pumpten leidenschaftlich in Cristinas Muschi, glatt und mit ihren Säften bedeckt.

Cristina spürte, wie sich die Finger ihrer Freunde wild unter ihr mischten, gegen ihren heißen, feuchten Sex drückten, rieben und rutschten, und ihre hellgrünen Augen weiteten sich.

Als er den Rücken krümmte und die Fäuste ballte, hatte er ein halbbewusstes Gefühl für die Größe dessen, was kommen würde.

Als ihre Sicht zu verblassen begann, hörte sie die heißen, feuchten Geräusche von Vickys Fingern mit einem fieberhaften Ton in und aus ihrem Loch hämmern, als Samanthas Finger immer fester gegen jeden Teil ihres feuchten Kitzlers und ihrer Muschi drückten.

Und dann ... und dann ...

Sie kam.

Er warf den Kopf zurück, schloss fest die Augen und öffnete den Mund in einem herrlichen, stillen Schrei unermesslicher Ekstase.

Sie kam.

Und sie blies ihre Brust auf, als eine Million Explosionen ihren glatten, milchigen Körper erschütterten.

Sie kam.

Und sie spürte eine Lawine heißer Wellen in ihrer Muschi und um Vickys und Samys Finger.

Und Cristinas Bewusstsein verschwand in den schwankenden Wellen des endlosen Orgasmus.

ENDE

VERRATEN
ERIKA SANDERS

45

Kapitel I

Becky hörte das Klicken des Schlüssels im Schloss.

Er rannte die Treppe hinunter, schaltete das Flurlicht ein und öffnete die Tür.

Jack war dort im Regen, die Kapuze über seinen Kopf gezogen, der Schlüssel in seiner Hand stehen geblieben, als seine dunklen Augen sie anstarrten.

"Oh mein Gott, du bist gekommen", sagte Becky fröhlich.

Sie sprang vor und schlang ihre Arme um seine Schultern, umarmte ihn und spürte, wie der Regen, der ihren Mantel bedeckte, auf ihre enge Kleidung sickerte.

Es war ihr egal.

Ihr Mann war hier und das war alles was zählte.

Sie befreite Jack von einer überschwänglichen Umarmung und legte ihre durchnässten Hände auf sein Gesicht.

Sein ernster Gesichtsausdruck hatte sich nicht verändert.

"Was ist los?", Sagte sie.

"Wir müssen reden."

Becky spürte, wie ihr Magen zuckte, aber sie trat beiseite, um Jack hereinzulassen und seine nassen Stiefel auszuziehen.

Sie ging ins Wohnzimmer und rieb sich nervös die Arme, während sie darauf wartete, dass Jack die schlechten Nachrichten überbrachte, was auch immer es war.

Dann ging er ins Wohnzimmer, immer noch mit einem ernsten Gesichtsausdruck.

"Geben Sie uns bitte etwas zu trinken", sagte er.

Becky ging zum Schnapswagen und schenkte zwei Brände ein.

Ihre Hand zitterte, als sie ihm eine der Gläser reichte und ihre schnell trank.

Jack kam mit ziemlich feuchten Socken zum Stuhl.

Das Bild, das er so gab, war ein bisschen komisch.

Sie hätte gelacht, wenn es nicht den angespannten Moment gegeben hätte.

Er saß auf der Sitzkante, ließ sich nicht nieder und zog seinen Mantel nicht aus, als er sich darauf vorbereitete, die schlechten Nachrichten zu überbringen.

Er nahm einen großen Schluck Brandy, bevor er sprach.

"Sie weiß alles über uns", sagte er, nachdem er den Schnaps mit einem letzten Seufzer genommen hatte.

Becky spürte, wie ihre Knie schwach wurden und ihr Herz raste.

Er schenkte sich noch ein Glas Brandy ein.

Er ging zur Couch vor Jack und setzte sich.

"Wie?" Sagte er nach einem weiteren Schluck der warmen Flüssigkeit.

"Ich sagte."

Becky runzelte die Stirn.

"Hast du es ihm gesagt? Wofür zum Teufel?

"Ich konnte es nicht mehr ertragen."

Becky stand auf.

"Bitte sag mir, dass du Witze machst, Jack."

Er schüttelte leugnend den Kopf.

"Warum würdest du deiner Frau sagen, dass du sie betrügst?"

Jack sah unter seinen buschigen Augenbrauen auf, die ihn wie einen schelmischen Welpen aussehen ließen.

"Ich konnte nicht sehen, dass sie gleichgültig und ruhig war, als sie unser schmutziges Geheimnis weiter verbarg."

"Unser schmutziges Geheimnis ist, dass es ihm nur geht?" Dachte Becky.

„Nun, was hat sie gesagt?", Sagte Becky und tat so, als hätte sie den letzten Kommentar nicht gehört, als sie von einer Seite des Raumes zur anderen ging.

"Sie ist bereit, uns eine weitere Chance zu geben. Wenn dies aufhört."

Becky blieb stehen und sah Jacks Gesicht an.

"Wir? Du meinst, du und sie sind zusammen, nachdem ich es ihr gesagt habe?"

Jack nickte.

"Wirst du mich einfach so verlassen? Weil sie es sagt?"

"Sie ist meine Frau."

"Und was war ich?"

"Du weißt was das war. Ich habe dir gesagt, ich würde meine Frau niemals verlassen. Das war immer Sex zwischen dir und mir."

„Du weißt was das war. Vergangenheit. Es war schon vorbei in seinem Kopf. Wie konnte er mir das antun?'

Obwohl er gesagt hatte, er würde Mary niemals verlassen, dachte Becky, sie könnte ihn davon überzeugen, dass sie wirklich die Frau war, die er brauchte.

Und so ist es nicht?

Es schien nicht.

Jack hatte seinen Drink beendet und stand auf, um zu gehen.

Becky ging zu ihm hinüber.

"Ist das alles dann?", Sagte sie und starrte ihn an. "Wirst du es so fallen lassen und gehen?"

Jack seufzte, als er sie wegschob, um den Flur entlang zu gehen.

"Becky, ich habe Kinder", sagte er jetzt verärgert.

Oh nein, so einfach würde er nicht rauskommen.

Früher war alles Komplimente und spöttische und erotische Botschaften, mit vielen Küssen am Ende, um mich zu verzaubern.

Das ist es, was jeder tut, um das zu bekommen, was er will.

Wenn sie dann genug haben, werden sie defensiv und versuchen, dich loszuwerden.

Jacks wahres Gesicht zeigte sich jetzt.

Sie war für ihn nichts weiter als ein Stück Fleisch gewesen, ein leichter Fang.

Ein Abschaum.

Eine Hure.

So hatten Männer sie immer behandelt. Jack würde nicht anders sein.

"Na und? Viele Leute lassen sich heutzutage scheiden. Kinder kommen darüber hinweg. Sie haben immer noch beide Eltern", sagte sie kalt.

"Das sind Kinder, Becky", schnappte Jack. "Sie brauchen eine Familie. Sicherheit. Ein Vater, der immer da ist. Nicht einer, der ein paar Mal pro Woche auftaucht."

Und ich? sie dachte etwas egoistisch.

Die Frau, die keine Kinder haben kann.

Die Frau, die immer und immer dauerhaft steril sein wird und einem Mann keine Familie geben kann.

Das Phänomen.

Das seltene.

Der, der nur zum Spaß, zum Ficken gut ist.

Wer würde sie wirklich lieben?

"Ich gehe zu dir nach Hause", drohte er. "Ich werde ihr sagen, was wir getan haben. Wie du mich in deinem Auto in den Wald gefahren und mich auf dem Rücksitz gefickt hast. Wo ihre Kinder jeden Tag auf dem Schulweg sitzen. Wie du mich in dasselbe Restaurant gefahren hast, in dem du ihr vorgeschlagen hast. Sehen Sie, ob sie es sich dann anders überlegt. "

Jack drehte sich in der Tür um und seine Finger verließen die Kapuze, die er gerade über seinen Kopf heben wollte.

"Du wirst es nicht tun".

"Sieh mich an."

Becky sah zum ersten Mal einen Ausdruck in Jacks Augen, den sie zuvor bei vielen Männern gesehen hatte.

Der Ekel.

Was sie zwischen sich hatten, was auch immer für ihn gewesen war, war verschwunden.

Sie wusste, dass sie das niemals zurückbekommen würde.

Ihre Oberlippe kräuselte sich, als sie die Kapuze über ihren Kopf zog und sich nach unten beugte, um ihre Stiefel zu greifen.

Becky spürte, wie die Wärme aus ihrem Fleisch verschwand, das kalte Gefühl, zurückgelassen zu werden.

Aufgabe.

Sie hatte es schon zu oft gefühlt.

"Du kannst mich nicht einfach verlassen, Jack", flehte sie und spürte den vertrauten Strom von Tränen aus ihren Augen.

"Es ist vorbei", schnappte er und seine Stimme verzog sich vor Wut.

"Tu mir das nicht an, Jack. Bitte!"

Er knotete die Spitze seines Stiefels, richtete sich auf und beobachtete sie unter dem Schutz seiner Kapuze.

"Komm nicht mehr in meine Nähe oder zu meiner Familie. Wenn du das tust, rufe ich die Polizei."

Er hob die Hand und ließ seinen Schlüssel auf den Boden fallen.

Der Schlüssel, den sie ihm gegeben hatte, in der Hoffnung, dass er dies als sein wahres Zuhause sehen würde, in dem er schließlich dauerhaft leben würde.

Es war der letzte Stich in sein Herz.

Er riss an der Tür und machte einen schnellen Schritt in den Garten.

Becky stand auf der Matte, ihre Wangen glänzten vor Tränen im hellen Licht des Wohnzimmers und beobachteten, wie ihre große Gestalt durch den Regen schritt.

Von ihr weg.

Zurück zu seiner Familie.

Für immer aus seinem Leben.

Kapitel II

Becky sah in ihr Glas und spürte, wie sich ihr Kopf drehte.

Der Whisky hinterließ einen sauren und bitteren Geschmack auf seiner Zunge.

Mit zitternden Fingern hob sie das Glas auf und warf es gegen die Wand des Kamins.

Es kollidierte mit dem Spiegel, wodurch Glassplitter explodierten und dann auf den Boden und den dicken Teppich fielen.

Sie sprang von der Couch und marschierte zum Telefon.

Tränen stiegen in ihren Augen auf, als sie den Hörer abnahm, aber sie sagte sich, dass sie nicht mehr weinen würde.

Sie biss sich auf die Lippe und wählte entschlossen die Nummer.

Nach wenigen Augenblicken antwortete eine schroffe Männerstimme.

"Hallo?"

"Harry, ich bin Becky", sagte er und unterdrückte seine Trunkenheit mit einem Schmunzeln.

"Becky? Jesus, was rufst du gerade an? Es ist zwei Uhr morgens."

"Es tut mir leid. Es ist nur so ... ich muss mit jemandem zusammen sein."

"Was? Im Moment?"

"Ja."

Er hörte ein Rascheln am anderen Ende der Leitung, das Knacken seiner Kehle, getrocknet von Harrys Zigaretten, als er sich um das Bett bewegte.

"Weckst du mich wirklich mitten am Morgen für einen Fick auf?"

Becky spürte bei seinen Worten einen Knoten in ihrem Bauch.

Was, wenn sie wirklich niemanden brauchte, der sie zufriedenstellte?

Harry war das jedoch egal.

Er war nur ein typischer Mann, der nur eines im Sinn hatte.

Sie stoppte die Versuchung zu explodieren.

"Warum nicht? Es ist so gut wie jeder andere Moment", sagte sie etwas aufgeregt.

"Ich muss um sechs wach sein."

"Na und? Du kannst morgen Nacht schlafen. Und zumindest wirst du zufrieden zur Arbeit gehen, anstatt zu gähnen."

"Ich bin gerade mit gebrochenem Herzen. Der einzige Weg, nicht zur Arbeit zu gähnen, ist noch ein paar Stunden Schlaf und keine Bewegung."

Becky kniff frustriert in die Lippen und griff nach ihren Zigaretten, die neben dem Telefon standen.

Er zündete einen an und nahm einen langen, tiefen Zug, dann rieb er seinen Daumen über seine Schläfe, als er dicken Rauch ausblies.

"Ich werde tun, was immer du willst", sagte sie und das Nikotin gab ihr genug Kraft, um ihn zu verführen.

"Das was?", Sagte Harry.

"Ich werde meine Zunge in deinen Arsch stecken. Ich werde dich essen, wie ein Mann eine Frau isst."

Es gab eine Pause und er konnte fühlen, wie Harry am anderen Ende nachdachte.

Nicht viele Frauen waren bereit, den Arsch eines Mannes zu essen und Harry hatte einen besonders empfindlichen Anus, seine Zunge hatte die Fähigkeit, seinen ganzen Körper gleichzeitig zu beugen und zu schreien.

Es schien jedoch, als wäre er heute Nacht wirklich müde. Selbst das war nicht genug, um ihn in Versuchung zu führen.

"Oh, Becky. Hättest du nicht zu einem besseren Zeitpunkt anrufen können?

"Ich werde meinen Riemen anziehen. Ich werde dir einen langen harten Fick geben. Willst du das, Harry? Eins. Lang. Hart. Fick."

Harry klang nervös und aufgeregt, als er antwortete.

Becky wusste, dass sein Schwanz durch ihren ausdrücklichen und ekelhaften Mut unter der Decke steinhart geworden war.

Aber egal, womit sie ihn verführen wollte, er sah aus, als würde er sich nicht bewegen.

"Entschuldigung, Becky. Ich muss vorbeischauen. Wie wäre es mit Freitagabend?

Becky sah den Aschenbecher auf dem Kaffeetisch und drückte ihre Zigarette aus.

"Du bist wie alle Männer, richtig? Du denkst, ich renne, wenn du sagst. Nun, weißt du was Harry? Du kannst dich selbst ficken. Das war deine letzte Chance und du hast sie einfach verpasst."

"Was ... Becky?"

"Tschüss, Harry. Schlaf tief, wenn du kannst. Verdammt!"

Er knallte das Telefon auf den Hörer.

Becky saß einen Moment auf dem Bett, ihr Herz raste, ihr Blut kochte, eine Million verschiedener Gedanken wetteiferten um den Vorrang in ihrem Kopf.

Wie konnten sie ihm das antun?

Und wieder.

Und warum ließ sie sie das immer wieder tun?

Immer wieder in dieselbe alte Falle tappen.

Sie wusste, was Psychiater sagen würden.

Sie schätzen sich nicht genug.

Wie können Sie erwarten, Respekt zu erhalten, wenn Sie sich selbst nicht einmal respektieren?

Nun, das fällt ihnen leicht zu sagen.

Sie wollen wissen, wie es ist, sich wie eine Hure zu fühlen, die es Männern erlaubt, ihren Körper wie einen schmutzigen Lappen zu benutzen.

Eine Mutter, die mit ihren Freunden ficken und ihre Tochter allein zu Hause lassen würde, kalt und hungrig, ohne dass jemand sie wollte.

Eine Frau, die sie jahrelang davon überzeugt hat, dass ihr Vater sie nicht liebte.

Dass er sie wegen ihm verlassen hatte.

Als die Wahrheit war, dass er von der Unterwerfung, der er von ihr ausgesetzt war, eingeschüchtert und zu verängstigt war, um zu seiner Schreckensherrschaft zurückzukehren.

Becky vergrub ihr Gesicht in ihren Händen und ließ die Tränen über ihre Handflächen fließen.

Du hast mich verlassen, Papa.

Wie kannst du mich mit dieser Psychoschlampe zurücklassen?

Sie setzte sich auf und zwang sich, die Tränen zu stoppen.

Traurigkeit verwandelte sich in Wut wie das Umlegen eines Schalters.

Sein Vater war ein verdammter Feigling.

Wie alle Männer.

Sie gingen kontrolliert von den Bällen, die zwischen ihren Beinen schwangen, hatten aber nicht den Mut, sie zu benutzen.

Das konnte nur eine Frau.

Der Schmerz war zu viel.

Becky brauchte Sex.

Es war das einzige, was sie beruhigen würde.

Sex würde den Schmerz in ihr lindern.

Schmerz, weil sie nicht geliebt und zurückgewiesen wurde, wodurch sie sich wie eine schmutzige Wegwerfhure fühlte.

Für ein paar kurze Momente ein leidenschaftlicher Kuss, ein lustvoller Drang, der sie zum Orgasmus bringen würde, und sie würde sich geheilt fühlen.

Alles wieder gut.

Geliebt.

Das einzige Problem war, dass es zur Sucht geworden war.

Und sobald alles vorbei war, nachdem die Männer gegangen waren und zu ihren Frauen oder der nächsten Frau zurückgekehrt waren, die bereit war, ihre Beine zu spreizen, würde dieser dunkle Ort zurückkehren.

Bis zur nächsten Lösung.

Becky konnte es nicht mehr ertragen.

Genug war genug.

Diesmal würde jemand bezahlen.

Kapitel III

Rache ist süß.

Zumindest sagen sie das.

Becky dachte darüber nach, als sie ihr langes schwarzes Haar im Schminktischspiegel bürstete.

Sie war nackt, abgesehen von einem schwarzen Höschen, das mit einer kleinen roten Schleife geschmückt war.

Ihre 43 Jahre alten Brüste waren so fest wie die einer zehn Jahre jüngeren Frau.

Es war einer der positiven Aspekte, keine Kinder bekommen zu können.

Sie hat ihre Figur und ihren herrlichen Charme länger beibehalten.

Als die Borsten der Bürste durch ihre Haare glitten, erlebte sie eine Ruhe, die sie seit Jahren nicht mehr gefühlt hatte.

Endlich baute sich etwas in ihr auf.

Sie werden kein Opfer mehr sein.

Sie kämpfte.

Sie würde eine Kriegerin sein.

Sie wählte einen dunkelroten Lippenstift aus ihrem Make-up und trug ihn vorsichtig auf ihre Lippen auf. Sie fügte ein wenig Fülle hinzu, indem sie einen zusätzlichen Millimeter um den Rand gab.

Die Farbe ergänzte ihr dunkles Haar und ihre olivgrüne Haut und verlieh ihr einen leicht mediterranen Look, der nicht weiter von ihrem britischen Erbe entfernt sein konnte.

Sie musste zugeben, dass es gut aussah.

Sie hatte vielleicht ein wenig Härte in ihrer Stimme von so vielen Zigaretten und einer beschissenen Kindheit, ganz zu schweigen vom Trinken, aber sie wusste, wie man sich zum Sex zeigt.

Sie hatte diese Fähigkeit von ihrer Mutter gelernt, und als sie bemerkte, wie hart die Mädchen aus dem Norden waren, hatte sie auch gelernt, sie zu ihrem Vorteil einzusetzen.

Sexy Girls hatten Macht.

Sie konnten Männer mit ihrem Körper, ihrem Geruch und einem provokanten Blick kontrollieren.

Als Becky darüber nachdachte, wurde ihr klar, dass sie so viele Jahre überleben konnte.

Er stand auf und ging zum Ganzkörperspiegel.

Er lehnte ihren Kopf zur Seite und umfasste ihre Brüste.

Sie schmollte über ihre frisch gestrichenen Lippen.

Ja, es sah gut genug aus, um etwas Leckeres zu essen.

Und um dich auch zu essen, dachte sie mit einem sinnlichen Lachen.

Auf dem Bett lag ein rotes Kleid.

Kurz.

Sehr provokativ.

Niedriger Ausschnitt, um ihre Brüste zu zeigen.

Sie schob ihre nackten Füße in ihn und zog ihn die Länge ihres Körpers hoch.

Sie sah sich im Spiegel an, drehte sich um und befestigte ihn.

Sie bewunderte den seidigen Stoff, der an den Hüften faltig war und ihre typische Sanduhrform betonte.

An der Tür stand eine Reihe hochhackiger Schuhe.

Becky ging hinüber und schlüpfte in ein rotes Paar.

Die heutige Farbe war scharlachrot.

Rot für Blut und Mord.

Kapitel IV

Der Taxifahrer hielt vor dem Club.

Becky bemerkte, dass zwei Gorillas an den Türen standen.

Er bezahlte den Taxifahrer und trat auf die Straße, die von der Straßenlaterne beleuchtet wurde. Die sanfte Luft berührte seine nackten Schultern, als die Clubmusik unter seinen Füßen schlug.

Sie schloss die Kabinentür, ging zum Eingang und legte den Riemen ihrer kleinen roten Tasche über ihre Schulter.

Treffpunkt Es war ein moderner Herrenclub, der vor ein paar Jahren in der Stadt aufgetaucht war.

Männer jeden Alters gingen in ihren angesagtesten Anzügen, die in Aftershave-Flaschen getränkt waren, dorthin und versuchten, Mädchen aus dem Norden anzuziehen, die wie Hündinnen in der Hitze zu ihrem Geruch strömten.

Becky war keine Ausnahme.

Aber heute Nacht hatte sie sich besonders auf einen Mann konzentriert.

Der Ort war voller Aktivitäten, beschäftigt für eine Nacht unter der Woche.

Auf der einen Seite des Raumes trat ein Sänger auf der Bühne auf, und auf der anderen Seite war die Bar voll mit älteren Leuten, die sich über Biergläser gebeugt hatten.

Männer und Frauen saßen in einem großen Bereich mit Tischen in der Mitte des Raumes, plauderten und sahen zur Bühne auf.

Becky ging zur Bar und rief einen hübschen jungen Barkeeper mit dem Spitzenhaarschnitt einer Witwe an.

"Ist Ricky heute Nacht hier?", Fragte sie.

Der Kellner nickte. "Hinter."

Becky lächelte ihn an und trat von der Theke zurück, als sie bemerkte, dass die Augen der älteren Männer von ihren Getränken zu ihr gewechselt waren.

Er sorgte dafür, dass sie einen guten Blick auf seinen Hintern hatten, als er einen Korridor entlang verschwand, der zu den Büros im Hintergrund führte.

Ricky Morris war der Besitzer von fünf Nachtclubs in der Gegend von Maine.

Er hatte in den neunziger Jahren sein Geld mit zwielichtigen Geschäften verdient und die Kette der Herrenclubs gegründet, die bei den verspielten Jungs des Nordens sofort ein Hit gewesen war.

Er war auch dafür bekannt, mit Stripperinnen und Prostituierten zu arbeiten, sie mit Kunden zu versorgen und ihre Einnahmen zu senken.

Becky traf ihn vor zwei Jahren beim Start von Meeting Place.

Von all den attraktiven Frauen und hübschen Mädchen, die an diesem Abend dort waren, war sie diejenige, an die er sich gewandt hatte.

Vielleicht erkannte er etwas von sich in ihr, eine männliche Eigenschaft, die ihre ehrgeizige und unternehmerische Natur ansprach.

Eine Frau, die sich für ihr Geld und ihr gutes Aussehen nicht verbeugen oder schmeicheln würde.

Eine Frau, die hart spielen würde, um das zu bekommen, was sie wollte.

Becky klopfte an ihre Tür, wartete aber nicht auf eine Antwort.

Als er den Raum betrat, sah er einen Fleischblitz und roch den unverkennbaren Geruch von Sex.

Eine Frau in den Zwanzigern lag auf dem Schreibtisch, ihre nackten Brüste waren durch ein Kleid freigelegt, das immer noch um ihre Taille gewickelt war.

Ricky fickte sie aus einer stehenden Position, schwarze Hosen um die Knöchel, Schweiß glitzerte auf ihrem rasierten Kopf.

Bei der Unterbrechung drehte er den Kopf.

"Scheiße." Er zog sich von der Frau zurück und Becky sah seinen großen Schwanz, entzündet von Erregung, glatt mit dem Saft der Frau.

Als er sah, wer den Raum betreten hatte, seufzte er, beugte sich vor und zog seine Hose hoch.

Die Frau am Tisch bedeckte ihre Brüste und versuchte, ihre Verlegenheit mit einem sinnlichen Lachen zu verbergen.

Kleine Schlampe, dachte Becky und ging schamlos ins Büro.

Ricky befestigte den Ledergürtel um seine Taille, als er den Kopf schüttelte, damit das Mädchen gehen konnte.

Sie bedeckte immer noch ihre Brüste, rutschte demütig vom Tisch, packte ihre High Heels und ging auf Zehenspitzen aus dem Raum.

Ricky ging um seinen Schreibtisch herum und sah Becky mit gerötetem Gesicht an.

Er zog ein Taschentuch aus der Hemdtasche, wischte sich die Stirn und griff in eine Schublade, um eine silberne Zigarettenschachtel zu holen.

„Wem schulde ich das Vergnügen?", Sagte er, öffnete die Schachtel und holte eine farbige Zigarette heraus.

Er bot Becky einen an.

Sie behielt ihn im Auge, als sie zum Schreibtisch ging und eine der Zigaretten nahm.

Es war scharlachrot.

"Überprüfen Sie die Qualität der Ware noch einmal?", Sagte er und legte die rote Zigarette zwischen seine Lippen.

Ricky kniff die scharfen blauen Augen zusammen, als er seine Zigarette anzündete und dann das Feuerzeug hochhielt, um Beckys anzuzünden.

"Was ist dein Grund, mich zu unterbrechen und hier ohne Vorwarnung einzubrechen?"

Becky holte Luft von der brennenden Zigarette.

Sie blies den Rauch, der zur Decke strömte, in einem dünnen Faden aus.

"Ich sehe, du warst in letzter Zeit beschäftigt."

Sie sah mit einem Lächeln auf den Tisch hinunter.

Die Schweißabdrücke, wo das Gesäß der Frau gewesen war, waren noch auf der Oberfläche des Glases vorhanden.

Ricky setzte sich schwer.

Becky konnte fast ihr Herz rasen hören, das Blut pumpte immer noch um ihren Körper von der unterbrochenen Sex-Sitzung.

Er musterte sie neugierig.

"Du bist fertig?"

Becky schüttelte den Kopf.

"Na und? Ich bemerke etwas anderes an dir."

Becky warf ihre Haare zurück und schaute auf das große Goldfischglas, das hinter Rickys Kopf leuchtete.

Großer Fisch in einem sehr kleinen Teich, dachte er trocken.

Er hatte vielleicht Geld und Macht über Frauen, aber als er dort auf seinem Stuhl saß und keine Ahnung hatte, was passieren würde, war er genauso schwach und erbärmlich wie jeder andere Mann.

"Ich denke, es muss das Wetter des Monats sein", sagte er trocken.

Er nahm die Tasche von seiner Schulter und legte sie vorsichtig auf die Glasoberfläche auf dem Tisch.

Ricky beobachtete ihre Bewegungen mit Interesse.

Er ging um den Schreibtisch herum und legte sein Gesäß auf die harte Kante.

Ricky drehte seinen Stuhl, lehnte sich zurück und musterte sie.

"Sie sind eifrig", sagte er vorsichtig.

"Wann bin ich nicht?", Antwortete sie.

Ricky lächelte.

Er liebte das an ihr.

Dieser kühne und willige Appetit auf Sex.

Besonders von einer Frau.

Hat ihn in Sekunden hart getroffen. Becky wartete darauf, dass sein Schwanz wieder erwachte, als sie ihren Körper bewegte, um ihre Brüste zu zeigen.

"Du bist eine Hure", sagte Ricky. "Nichts hält dich auf, richtig? Nicht einmal sorglose Sekunden in einer kleinen Schlampe.

"Sie war nur die Vorspeise. Ich bin das Hauptgericht. Der echte Sex."

Becky zog ihr Kleid an ihrem Oberschenkel hoch und schob ihre Finger zwischen ihre Beine.

Sie hatte ihr Höschen ausgezogen, bevor sie das Haus verlassen hatte, so dass sie leichten Zugang zu den nackten Lippen zwischen ihren Beinen hatte.

Er sah Ricky an und nahm einen weiteren Zug von seiner Zigarette.

Die Ausbuchtung, die in seiner Hose weiter wuchs, sagte ihr, dass er vorhatte, in Sekunden in ihr zu sein.

Ihre Muschi befeuchtete sich bei dem Gedanken, verstärkt durch das Wissen, dass diesmal die Befriedigung süßer sein würde als jede andere.

Sie legte ihre Hände auf die Glasoberfläche, hinterließ klebrige Spuren ihrer moschusartigen Fotze und manövrierte sich direkt vor Ricky in Position.

Sie legte beide Absätze auf die Armlehnen des Stuhls und spreizte ihre Beine, um ihm die volle Sicht auf das zu geben, was sich zwischen ihren Beinen befand.

Aufregung schoss durch Rickys Augen, als er nach unten schaute und die Süßigkeiten sah, die unter dem kleinen roten Kleid versteckt waren.

"Was soll ich damit machen?" Sagte er sardonisch und hob eine Augenbraue.

Mit ihren Ellbogen auf dem Tisch schaffte Becky es immer noch zu rauchen, als sie mit einem schwülen Lächeln antwortete.

Sprachlos.

Ricky drückte seine eigene Zigarette aus und drückte sie schamlos auf das Glas.

Er atmete durch ihre Nasenlöcher, vielleicht um einen duftenden Geschmack der kommenden Dinge zu bekommen, und tränkte ihre langen Finger vor ihren schönen Lippen.

"Ich werde dich essen, bis deine Muschi in meinen Mund tropft."

Becky spürte, wie ihre Vulva kribbelte, als sie ihre Muskeln zusammenzog.

Sie hatte immer einen Jungen geliebt, der gerne Muschi aß.

Ricky war glücklich, sein Gesicht mit ihrem Saft zu sättigen und Dinge mit seiner Zunge zu tun, die ihn woanders hinschicken würden.

Es wäre der humanste Weg, dachte er.

Eine euphorische Angst.

Seine großen Hände berührten ihre Knie und spreizten ihre Beine noch mehr.

Becky starrte ihn mit grimmiger Faszination an und schätzte die Erregung in seinen stählernen Augen.

Er leckte sich spielerisch die Lippen.

Becky lächelte wissend.

Dann, bevor sie etwas anderes tun konnte, war sein Kopf zwischen ihren Beinen und seine heiße, feuchte Zunge arbeitete sich in sie hinein.

Beckys Kopf fiel zurück, als sie vor Vergnügen nach Luft schnappte.

"Oh verdammt."

Ricky schüttelte unersättlich den Kopf und leckte sein klebriges Fleisch.

Essen, schmecken, den moschusartigen Geruch einatmen.

"Köstlich", hörte Becky ihn mit seinem tiefen Vermont-Akzent sagen.

Er würde nichts so Leckeres schmecken wie ihre süße Rache, dachte er.

Ricky öffnete seine Hose, zog seinen Schwanz heraus und wichste ihn mit schnellen, harten Bewegungen seines Handgelenks.

Becky fragte sich kurz, ob er ihre Muschi der vorgezogen hatte, die er vor Minuten gefickt hatte.

Dann entschied sie, dass sie sich nicht mehr darum kümmerte.

Alle Männer waren gleich.

Arschsauger, die Huren missbrauchen und Fotzen lutschen. Selbst wenn sie die Fähigkeit hätten, dich an Orte zu schicken, von denen du nie wusstest, dass sie existieren.

Rickys Zunge war göttlich!

Becky sah nach unten und sah die glänzende runde Kopfhaut steigen und fallen.

Dies war sein Moment.

Sie holte tief Luft, hielt einen Moment inne, dann brachte sie ihre Schenkel in einer schnellen Bewegung zusammen und schloss Rickys Hals zwischen ihren Beinen.

Er würgte und versuchte wegzugehen, aber ohne Erfolg.

Becky griff in die rote Tasche und zog ein Messer heraus.

Sie packte den Griff mit beiden Händen und hob ihn über Rickys Kopf.

Er plapperte weiter und packte ihre Schenkel, um sie zu spreizen.

Aber sie konnte es nicht tun.

Sie konnte das Messer nicht auf den Kopf fallen lassen.

Jetzt, da der Moment hier war, schien es keine Fantasie mehr zu sein.

Es fühlte sich wie ein Albtraum an.

Sie war keine Mörderin.

Sie konnte nicht etwas werden, was sie nicht war.

Sie hatten sie innerlich getötet und sie verachtete sie dafür, aber kaltblütig zu töten machte sie zu etwas anderem.

Es machte sie weniger als sie.

Becky ließ den Druck ihrer Schenkel auf Rickys Kopf los.

Er kam aus der Falle, keuchte und rieb sich den Hals.

"Verrückte verdammte Schlampe", schrie er. "Was spielst du?"

Becky hatte die Waffe bereits in ihrer Handtasche versteckt, bevor Ricky seinen Zorn ausspuckte.

"Ich dachte, du würdest gerne etwas Raues ausprobieren", keuchte sie und tat ihr Bestes, um die Angst in ihrer Stimme zu verbergen.

Ricky spreizte die Beine und stand auf.

"Ich konnte nicht atmen!"

Becky spielte mit ihrem Kleid und stieg vom Glastisch.

Als er aufstand, bemerkte er den Ausdruck von Zweifel in Rickys Augen.

"Ach komm schon", sagte sie. "Es hat ein bisschen Spaß gemacht."

Es gelang ihm, ein Lächeln zu behalten, als sein Herz in seiner Brust schlug.

Ricky sagte nichts und suchte in seinen Augen nach einer Art Täuschung.

Er wäre der einzige mit Blut an den Händen, wenn er wüsste, dass sie geplant hatte, ihn zu töten.

Becky ging auf ihn zu und beugte sich dicht an sein Gesicht.

Sie küsste seine gerötete Wange und hinterließ ihre scharlachrote Lippe auf seiner Haut.

"Ich habe genug für heute. Mir geht es besser", sagte sie.

Sie hob ihre Tasche vom Tisch und ging zur Tür.

Sie konnte Rickys Augen auf sich spüren.

Durchdringen.

Anklagend.

"Warte", sagte er.

Becky blieb stehen.

Sein Herz erstarrte.

Er drehte sich langsam um.

Rickys dunkler Umriss wurde von dem hellen Schein des Aquariumwassers begrenzt, als er darauf wartete, dass er sprach.

"Sie werden Ihr Geld wollen", sagte er.

Becky runzelte die Stirn.

"Welches Geld?"

"Ich bezahle immer meine Lieblingsmädchen."

Becky musterte seine Augen.

Was hat er getan?

"Du hast es noch nie gemacht."

"Es ist an der Zeit, dass ich es tue."

Er nahm ein Scheckheft vom Schreibtisch.

Er zog einen Stift aus der Hemdtasche und kritzelte etwas darauf.

Als er es zu Becky brachte, kribbelte sein Hals.

Ricky gab ihm den Scheck.

Becky nahm es und sah sich die Menge an.

Vierzigtausend Dollar.

Sie erblasste und sah Ricky ungläubig an.

"Für fällige Dienstleistungen", sagte er.

Becky sah zurück zu der starken Gestalt.

Vierzigtausend Dollar.

Er würde seine Hypothek bezahlen.

Sie könnte ein neues Auto bekommen.

Über Wasser gehen.

Neue Klamotten kaufen.

Designerschuhe.

Ricky lächelte nicht, als er sah, wie sie den Scheck studierte.

Der Blick, den er ihr zuwarf, war besorgniserregend.

Becky sah nervös in seine stahlblauen Augen.

Er wusste, dass sie versucht hatte, ihn zu töten.

Er bezahlte sie.

Nimm das Geld, lass mich in Ruhe, komm nicht.

Sie wollte ihn nicht enttäuschen.

Er schaffte es zu lächeln und drehte sich dann um, um den Raum zu verlassen, seine zitternde Hand hielt immer noch dein neues Vermögen.

ENDE